हृदय की हथेली

(कविताएँ)

हृदय की हथेली

पुष्पिता

राधाकृष्ण प्रकाशन

ISBN : 978-81-8361-178-7

हृदय की हथेली

पहला संस्करण : 2007
दूसरा संस्करण : 2024
This book is printed on **Print on Demand** Technology : 2024

मूल्य : ₹495

प्रकाशक
राधाकृष्ण प्रकाशन प्राइवेट लिमिटेड
जी-17, जगतपुरी, दिल्ली-110 051

शाखाएँ : अशोक राजपथ, साइंस कॉलेज के सामने, पटना-800 006
पहली मंजिल, दरबारी बिल्डिंग, महात्मा गांधी मार्ग, प्रयागराज-211 001
1, अनमोल सोराबजी संतुक लेन, धोबी तलाव, मरीन लाइंस, मुम्बई-400 002
वेबसाइट : www.radhakrishnaprakashan.com
ई-मेल : info@radhakrishnaprakashan.com

HRIDAY KI HATHELI
Poems by Pushpita

भगवान खुन खुन
के लिए

ढाई आखर

प्रेम अर्धनारीश्वर है। प्रेम हृदय का आनन्द है। प्रेम आत्मा का सुख और चेतना की चैतन्य अभिव्यक्ति है। प्रेम आत्मा का धर्म है और धर्म की आत्मा है। प्रेम जीवन का बीजक है और धर्मों का भी बीजक मंत्र है। समय का दंड-विधान निष्पक्ष होता है। राजाओं का इतिहास जर्जर पृष्ठों में हाँफ रहा है, लेकिन प्रेम की वाणी संतों की रागिनी बनकर शब्दों और कंठों में समायी हैं। कबीर, मीरा और सूर के पद अपने समय और हृदय की सच्चाई के साक्षी हैं, जिन्होंने अर्थ की देह से शब्दों के आवरण को हटाकर जीवन-अर्थ की साधना की।

एक समय था जब भक्तों और सूफियों के लिए अन्य स्थान का निकष भक्ति, प्रेम और इश्के-हकीकी (पारलौकिक प्रेम), इश्के-मजाजी (लौकिक प्रेम) था। मनुष्य और सृष्टि सब माटी है। ईश्वरीय और प्राकृतिक शक्तियाँ इन्हें सँवारती और बिगाड़ती रहती हैं। यह काया माटी का मंदिर है, जिसमें हमने ज्ञान, ध्यान और प्रेम का दीपक जला रखा है। शेष सब माया है। इस मिट्टी की दुनिया का, जिसके दायित्वों और कर्तव्यों से उऋण होना मोक्ष के लिए जरूरी है।

देह से परे सिर्फ प्रेम की देह है, जहाँ कबीर का प्रेमी हृदय सहज समाधि लगाता है। सघन प्रणयानुभूति में ही सहज समाधि सम्भव है। कबीर के यहाँ प्रेम का पूर्ण स्वरूप है। लौकिक से पारलौकिक प्रणय की अद्भुत यात्रा और उसकी विलक्षण व्याख्या है–

जहाँ-जहाँ जाऊँ सोइ परिकरमा, जो कछु करूँ सोई पूजा।

सघन प्रणयानुभूति व्यक्ति को आध्यात्मिकता के आनन्द के शिखर तक पहुँचाती है तभी गहराई से अनुभव होता है–

रस गगन गुफा में अझर झरै,
बिन बाजा झनकार उठे जहँ, समुझि परै जब ध्यान धरै॥
बिना ताल जहँ कवल फुलाने, तेहि चढ़ि हंसा केलि करै।
बिन चंदा उजियारी दरसै, जहँ तहँ हंसा नजर परै॥
दसवें द्वारे तारी लागी, अलख पुरुष जाको ध्यान धरै।
काल कराल निकट नहिं आवे, काम, क्रोध मद लोभ जरै॥
जुगन-जुगन की तृषा बुझानी, करम-मरम अध व्याधि टरै॥
कहँहि कबीर सुनो भाई साधो, अमर होय कबहूँ न मरै॥

आध्यात्मिक जगत की यह प्रणयानुभूति लौकिक मन-देह के संसार में घटित होकर चरम आनन्द प्रदान करती है। अनन्त युगों की तृषा बुझ जाती है जिसको सिद्धावस्था तथा सहजावस्था भी कहते हैं, वही प्रेम की सहज समाधि है, जहाँ भोग भी योग की सिद्धावस्था से जन्म लेता है।

बंगाल के बाउल भक्त और प्रेमी जन सभी परम्परागत बन्धनों से मुक्त होकर हवा की तरह भ्रमण करते हैं। इनके यहाँ भी प्रेम की सहज साधना को बहुत सुन्दर अभिव्यक्ति मिलती है। उनके प्रेम-भाव के सार तत्त्व में प्रायः यह भाव रहता है–

मैं इसलिए बावला हो गया हूँ, मेरे भाई
कि किसी रीति, किसी रिवाज
किसी मालिक का पाबंद नहीं हूँ
मनुष्य के बनाए हुए भेद-भाव मेरे लिए व्यर्थ हैं
मैं अपने मन से पैदा होने वाले प्रेम के सरोवर में डूबा हुआ हूँ
प्रेम में विरह और वियोग नहीं, मिलन ही मिलन है।
दिल से दिल मिले रहते हैं
मैं इस खुशी में नाचता-गाता रहता हूँ
मैं इसलिए बावला हो गया हूँ, मेरे भाई॥

बाउल समाज अपनी उन्मुक्त प्रणय भावना के ईमानदार प्रभाव के कारण अपना कोई इतिहास नहीं लिखते हैं, क्योंकि वे अपनी प्रेम-परम्परा का कोई चिह्न नहीं छोड़ना चाहते हैं, जैसे नदी में तैरती हुई नाव अपना कोई निशान नहीं छोड़ती है।

सच तो यह है कि प्रेम और भक्ति की उस धारा पर तैरना चाहिए जो भक्तों और प्रेमियों के अपने जीवन से सहज ही पैदा होती है–कबीर की सहज समाधि की तरह और बाउल के सहज प्रणय गीत की तरह।

प्रस्तुत कविता संग्रह में प्रणय में डूबे मन की गुफाएँ हैं जिनमें प्रतिध्वनित है भीतर का अनन्त निनाद, अनहद नाद की तरह जिसकी वृष्टि होती है–अनुभूति गगन से, जो आगे चलकर जीवन की संजीवनी प्राणधारा बन जाती है। इनकी व्यंजना आकाश की तरह निस्सीम है और आकाशगंगा की तरह अछोर भी। इनके अन्दर की यात्रा मन के रंगों के रचाव की यात्रा है, रस-कलश की छलकन है। सृजन के राग का आरोहण और कृत्रिमता के तिमिर का तिरोहण है। इन कविताओं में स्पंदन से भरपूर बिम्ब और संगीत से भरपूर ध्वनियाँ हैं। इनमें शब्द की रेखाएँ आकार बनाती हैं, रंग और गंध भरती हैं और वही भाव की भी सार्थक प्राण-प्रतिष्ठा करती हैं, इसलिए शब्द कब चित्र बन जाते हैं, कब वे राधा और शकुन्तला के प्रणय पर्याय बन जाते हैं, मैं नहीं जान पाती हूँ।

भाव एकात्मकता का पर्याय है। वह द्वैत का विसर्जक है। इसलिए भाव के धरातल पर जब कला और कविता मिलते हैं तो उनका द्वैत विसर्जित हो जाता है। इस द्वैत का विसर्जन प्रणय-घाट पर होता है। प्रस्तुत कविताएँ द्वैत के इसी विसर्जन की साक्षी हैं जिनमें मध्यकाल की विभिन्न चित्र-शैलियों में बने मनभावन भारतीय लघुचित्रों के सौन्दर्य का शाब्दिक वैभव दिखाई देता है। भारतीय चित्रांकन परम्परा के सन्दर्भ में यह एक अनोखा तथ्य है कि मध्यकाल की विभिन्न शैलियों में बने लघुचित्र कोरे मिलन, विरह या निसर्ग चित्रण के रूपांकन

नहीं हैं, उनमें काव्य कलम के माध्यम से रूपायित हुआ है। कालिदास का 'अभिज्ञान शाकुंतलम' हो, जयदेव का 'गीत-गोविन्द', केशव की 'रसिकप्रिया', 'कविप्रिया' या 'बारामासा', बिहारी की 'सतसई', मतिराम का 'रसराज' हो या पुहकर की 'रसकेली' हो, इनके शब्द-चिह्न राजस्थान और पहाड़ की सभी प्रतिनिधि चित्रशैलियों में रूपायित हैं।

यह भारतीय कला-जगत में घटी असाधारण घटना थी, क्योंकि विश्व के कला-इतिहास में ऐसे क्षण कम आए जब राग और रागनियाँ, दोहे और अष्टपदियाँ रंगों और रेखाओं के माध्यम से फलक पर उतर आई हों।

हो सकता है, इस धरोहर की मौलिक अस्मिता विस्मृत हुई हो, लेकिन यह कहीं सृजन के विरले संस्कारों में जीवित रही और वहीं से मेरी कविताओं में किसी सीमा तक उतर आई अनजाने ही। इन कविताओं में प्रेम है, विरह है, मान है, आराधना और अर्चना है। शब्द, शब्द न होकर समर्पण भाव के शैल-शिखर हैं। कविता रचने के बाद संकलन तैयार करते हुए अनुभव हुआ कि गुलेर कलम और दकनी कलम के भावमय रूपायन की झलक मेरी कविताओं में है।

सर्वनिष्ठ होकर भी एकनिष्ठ हो जाना प्रणय की प्राणशक्ति है और इस प्राणशक्ति के प्रतिनिधि हैं–राधा और कृष्ण। इसे गीत-गोविन्द की अंतिम अष्टपदी में जयदेव ने गाया है और यही भाव काँगड़ा कलम के वास परिवर्तन के दृश्य में है और यही भाव है मेरी इन पंक्तियों में–

राधा मन की तरह
स्मृति में जीती हूँ–कृष्णानुराग
और कृष्ण हो जाती हूँ
तुम्हारी प्रतीक्षा में
प्यार के लिए।

जयदेव के गीत-गोविन्द का प्रारम्भ ही वर्षा मंगल से

होता है। काँगड़ा कलम के मनोहारी लघुचित्र के साथ कोटा शैली के लघुचित्र का प्रभाव भी किन्हीं पंक्तियों में देखा जा सकता है। शब्दों और रेखाओं से परे है–प्रेम। प्रणय की इन तमाम भंगिमाओं का संसार भारतीय साहित्य और कला में अपूर्व है। साहित्य और चित्रांकन की परम्परा न केवल साथ-साथ विद्यमान रही, बल्कि एक-दूसरे में वे समाहित हो गईं। ऋग्वेद, रामायण और महाभारत से लेकर सत्रहवीं शताब्दी तक जो पुराण रचे गए, उनमें चित्रांकन के भरपूर संदर्भ हैं। मुगलों के समय में भी राधा-माधव का प्रेम रूपायित हुआ। परवर्ती मुगलकाल में भी अनेक भावमय रूपायन हुए हैं। मेरी कविताएँ प्रेम को समर्पित है, किन्तु इसमें आध्यात्मिक प्रेम का सौन्दर्य भी समाया है जो अपनी अलौकिकता में भी लौकिक है। अनुभूतियों के अदर्शनीय रूप में भी प्रेम दर्शनीय है। सब कुछ अप्रत्यक्ष होते हुए भी कविता के शब्दों में प्रत्यक्ष है।

सितंबर, 2007

–पुष्पिता

अनुक्रम

राग की आग

राग की आग
भिजोती है—
और अपनी
आर्द्रता में दग्ध करती है।

अर्क

देखती हूँ—
प्रणय के चाँद को
एकटक—
कि चाँदनी का अर्क
उतर आए
प्रणय की तरह।

प्रणयाकाश

प्रेम
मन को परत-दर-परत
खोलता है।
और रचता है—आकाश।

हथेली

प्रणय
हथेली में
रखा हुआ
मधु-पुष्प है

साथ उड़ान की शक्ति
रचता है—
शब्दों में
पृथ्वी का कोमलतम स्पर्श
सारी क्रूरताओं के विरुद्ध।

अमृत स्याही

तुम्हारी आँखें
सेती हैं—दूसरों के लिए सपने
चिड़िया की तरह

दूसरों को सुख देने की
खोज में लगी
तुम्हारी आँखें
रचती हैं—सुख
अपनी निर्मल-झील में

तुम्हारी आँखों के
सौन्दर्य को
पीती हैं—मेरी आँखें
ओठ बनकर
जिसमें रिसता है सौन्दर्य
अधर तक के लिए

ट्यूलिप-सी
तुम्हारी आँखों तक
पहुँचकर
बुझ जाती है—
अकेलेपन की आग

तुम्हारी आँखों से

लेती हूँ—दुनिया देखने
और रचने की दृष्टि
और शक्ति।

तुम्हारी आँखों के लिए
बनाना चाहती हूँ दुनिया
जिसमें आँसू न हो।

आँसू,
दुनिया के लिए
आँख का पानी है।
लेकिन तुम्हारे लिए
दुःख की आग है।

तुम्हारी आँखों से
पैदा होते हैं—सपने
सूनी, खाली और डरी हुई
लेकिन भोली और मासूम
आँखों के लिए।

तुम्हारी आँखों से
होकर जाते हैं—शान्ति पथ
पहुँचते हैं—अथाह सागर तट तक
धोती हूँ जिससे
हिंसक घाव।

ढाई आखर

कबीर का ढाई आखर
समुद्र तट पर
साथ-साथ
लिखने के लिए
चुना है तुम्हें
जैसे—कोरा सफेद कागज।

पूर्णिमा की चाँदनी
अपनी आँखों से
तुम्हारे हृदय की आँखों में
रखने के लिए
नये सपनों ने
चुना है—तुम्हें।

प्रणय का पिघलता ताप
हथेली का दमकता आर्द्र अमृत
तुम्हारी हथेली में
रखने के लिए
चुना है तुम्हें
जैसे—आत्मा के सहचर हो तुम।

योग साधना

प्यार की
पहली सिहरन में
मुँदी पलकों के भीतर
जगी आँखों ने जाना
देह-भीतर
देह का जादू।

खामोश शब्दों ने किलककर
जन्म लिया
नवानुभूति से भरकर।

अनुभूति की उड़ान-सुख में
अनुभव किया
अपनी ही देह का अमृतस्राव
प्रिय अधर में।

चाँद निहारने वाली आँखों ने
जाना—चाँद का सुख
जो साधना के योग से मिलता है
भोग की साधना से नहीं।

तुम्हारे स्पर्श ने
पिलाया है—प्यार का अमृत
अपने स्पर्श में
भर लेना चाहती हूँ—तुम्हारे अन्तरंग का रोम-रोम।

चित्त का अन्नप्राशन

नौकरी की
पहली कमाई की तरह
हथेली में महसूस होता है
प्रणय का प्रथम-स्पर्श।

चित्त का अन्नप्राशन है—प्रेम
अनाज का स्वाद
जैसे—जानती है देह।

प्रणयानुभूति की भींज से
सिंच उठती है—मन-वसुधा
जैसे पहली बार
दर्पण के सामने खड़ा होता है—मन
अपने प्रेम के साथ।

प्रेम में
एक साथ
छूते और जीते हैं
सारी ऋतुएँ।

देह-भीतर
अवतार लेती है—नवातुर प्रणय देह
मानव-देह से इतर
बहुत पवित्र

स्पर्श में होता है—जहाँ
ईश्वरीय जादू
कि पूरी देह में
जाग उठता है—पृथ्वी का वसन्त।

अन्तर की अन्तःसलिला से
रिस उठती है—
भीतर-ही-भीतर राग-सरिता
और लगता है—प्रणय घटित होने से पूर्व
देह सिर्फ तट था—रेतीला।

अल्पना

कलाई की आँखें
प्रतीक्षा में हैं—

आँखों की चौखट में
विश्वास की अल्पना है।

मथुरा-मंदिर के
पाषाण छत्र पर
अपने दुःख को मौन में साधे हुए
कपोत-युगल समूह
कृष्ण और राधा के प्रणय की
अनन्य रागिनी को
सुनते हैं—हवाओं की साँसों में
और गुनते हैं—प्रणय की प्राण-शक्ति
जो एकनिष्ठ होकर ही सर्वनिष्ठ है

राधा-भाव की तरह
स्मृति में जीती हूँ—कृष्णानुराग
और 'तुम' हो जाती हूँ
तुम्हारी प्रतीक्षा में...।

तप रही आहुति

तुम्हारी हृदय-अंजलि में
प्रणय हथेलियाँ
जैसे—यज्ञ वेदिका में
तप रही आहुति
समर्पण के लिए।

तुम्हारी आँखों की
निर्मल गंगा में
आकाशी निलाई के साथ
समाता है—चेहरा
मुझे चूमता हुआ।

तुम्हारी आँखें
पढ़ती हैं मुझे—
प्रेम की पहली पुस्तक की तरह।
शब्दों में पैठती हैं—अर्थ की गहरी जड़ें
ऋग्वेद और पुराणों के अर्थसूत्र
खोजती हूँ तुम्हारे शब्दों में...।

तुम्हारी मुट्ठी में हर बार
मेरी हथेली रख देती है—कुछ आँसू

वियोग में
जनमते हैं—अक्षय प्रणय शब्द-बीज।

स्वप्न कैनवास

मेरे पास
तुम्हारे शब्द हैं
और तुम्हारे पास
मेरा मौन।

तुम्हारे पास
मेरे अधीर स्वप्न हैं
मेरे पास
तुम्हारा इच्छित संसार।

स्वप्न-कैनवास में
यथार्थ के चटख, शोख और सरस रंग
जिन्हें देती हूँ—शब्द-नाम
अविस्मरणीय—तुम्हारी ही तरह।

स्मृतियों में बसे रहते हैं—
अकेलेपन के विश्वसनीय सहचर
कभी तुम्हारे शब्द
कभी आत्मीय—आत्मज शब्द।

सविता-रश्मियों की
सुनहरी अंजलि में
रखती हूँ—स्नेह-चितवन के समर्पण का
अक्षय चुम्बन।

परदेशी हवाओं में
घुलाती हूँ—प्रणयगंधी स्वप्न-श्वास
और अपरिचित दुनिया को
बनाती हूँ—आत्मीय

जैसे बच्चे बनाते हैं
रेत में धरौंदा
जीवन-यथार्थ में जीते हैं—
स्वप्न खेल।

तुम्हारे भावाकाश में
रोपती हूँ—अपने आकांक्षा बीज
सृजन की आहट अगोरती धड़कनें
रचना चाहती हैं—स्नेह-तरंगित ध्वनियाँ।

बादल-बूँदें

बादल-बूँदों की तरह
तुम हो मुझमें
इन्द्रधनुषी रंगों की तरह।

मछलियाँ गाती हैं
सूर्यागमन की अगवानी का गान
जैसे—मैं तुम्हारा प्रणय।

हवाएँ चुपचाप
घूमती हैं—इधर से उधर
प्यार की सुगन्ध के लिए
खोजती हैं तुम्हें।

आत्म-विसर्जन

वसुधा
सूरज से अर्जित करती है
अपना दिवस।

साँसें
हवाओं से
अर्जित करती हैं
अपने लिए धड़कनें।

नदी से
अर्जित करनी पड़ती है
जल और पवित्रता।

ईश्वर से
अर्जित करना पड़ता है
उसका आशीर्वाद।

सूर्य से
अर्जित करते हैं
ताप और ऊर्जा।

वैसे ही
तुमसे अर्जित करते हैं तुम्हें
आत्म-विसर्जन में।

आत्म-निवेदन

मेरे भीतर
छूट गया है—
तुम्हारी आँखों का लिखा
चाहतों का पत्र
फड़फड़ाता बेचैन
तुम्हारी आँखों की तरह।

तुम्हारी पलकों की बरौनियाँ
मुझमें लिखती हैं—
स्मृतियों के गहरे सुख
अन 'जी' आकांक्षाओं की प्यास।

मेरे भीतर
शेष है—
तुम्हारे प्रणयालिंगन की
स्मरणीय छुअन
उस परिधि के भीतर
समाकर
घुल जाती हूँ स्नेह में
और बन जाती हूँ नेह-सरिता।

तुम्हारी परछाईं में
मिल जाती है—मेरी परछाईं
एकालोक।

परछाईं

सूर्य की
परछाईं में
होता है—सूर्य
लेकिन...

प्रकाश के
प्रतिबिम्ब में
होता है—प्रकाश
लेकिन...

सूर्य अपने ताप से
बढ़ाता है—
अपनी ही प्यास
और नहाते हुए नदी में
पीता है—नदी को

नदी समेट लेती है
अपने प्राण-भीतर
सूर्य को
और जीती है—
प्रकाश की ईश्वरीय प्रणय-देह
नदी
पृथ्वी में समा जाती है
धरती का दुःख कम करने के लिए
जैसे मैं तुममें।

नयन-गेह

ज़िन्दगी की
पत्र-पेटिका में
चिट्ठी की तरह आए
और हृदय का प्रेम-पत्र बन गए।

मीठे उजालेपन में
चाँदनी सारे सितारों की चमक में
समा चुकी होती है जब
चाँद सोता है आँखों में
सपना बनकर।

एकाकीपन की मोमबत्ती की रोशनी में
कभी पिघलते हैं—शब्द
और कभी मैं...।

भीतर की साँस रोककर
शब्दों से खींचती हूँ—साँस
पसीने से तर-ब-तर
मन की उमसती कसक को
पसीजी हथेली में रखती हूँ—
सुकोमल याद से भरकर

शब्दों की मुट्ठी में है—
जादुई यथार्थ

शब्द की हृदय-मंजूषा में

गहरे एकान्त में
चुपचाप जन्म लेते हैं—शब्द
जैसे—आधी रात को बदलती है तारीख

दिन बदलने से पहले
हवाओं की साँस ठहर जाती है—
क्षण भर को
जब सितारे लिखते हैं—नई तारीख।

सूरज,
हर सुबह
नई तारीख में भरता है—धूप
ऐसे ही प्रेम
भीतर के अक्षय शब्द-स्रोत को
पूरता है।
जैसे पर्वत जनते हैं अपनी स्नेह-सरिता को।

शब्दों की शहदीली चमकी छुअन को
पहचानते हैं—ओठ
जैसे—कवि के ओठ
पहचानते हैं—अपनी कविता के शब्द
वैसे ही कविता के अधर
पहचानते हैं—कवि के ओठ
शब्दों की तरह
शब्दों में प्रेम की तरह।

राग में शब्द

प्रेम
आँखों में खुलता और खिलता है।
आँख में दृष्टि बनकर रहता है।

साँस की लय में रचे हुए शब्द
घुल जाते हैं अपनी लय में
जैसे—राग में शब्द
शब्द में राग।

प्रेम ने रचा है प्रेम
सारे विरोधों के बावजूद।

सार्वभौम शब्द-गूँज
प्यार अनुगूँज
जिसमें भूल जाता है
व्यक्ति—स्व
और शेष रहता है—
सिर्फ प्रेम।

जैसे—समुद्र में समुद्र
धरती में धरती
सूरज में सूरज
चाँद में चाँद
और प्यास में पानी।

मौन ध्वनि

सारी विध्वंसात्मक
कोशिशों के बावजूद
मेरे वक्ष का कोई शब्द
बिगड़ नहीं पाएगा।

अनुपस्थिति में भी
धड़कनें सुनेंगी सही-सही
शब्दों की सार्थक अनुगूँज

बिना क्षितिज के दिवस होंगे
न सुबह होगी
न शाम होगी
चिड़ियों की पुकार में
घुलेंगे—प्रेम के शब्द
उठाएँगे तुम्हें
तुम्हारे सर्वस्व के साथ
सर्वस्व के लिए।

चह-चह में गूँजेगी राग-भैरवी
न ओस...
न आवाज़...
लेकिन मेरा 'मौन' रहेगा—प्रेम के साथ
प्रेम की तरह चुप
अंतहीन रिक्तता को भरने के लिए।

ईश्वरानन्द

मैं
तुम्हारे प्रेम का धान्य हूँ
और तुम
हृदय का विश्वास।

तुम्हारी स्मृति-कुठले में
संचित उपजाए अन्न की तरह हूँ।

अपनी अन्तःसलिला में
रूपवान मछली की तरह
तैरने देना चाहते हो मुझे।

तुम
जीना चाहते हो मुझमें
प्रेम का सौन्दर्य
और मैं
पीना चाहती हूँ—
सौन्दर्य-सुख।

जीवन का विलक्षण आनन्द-प्रेम
'धर्म' के लिए 'ईश्वरानन्द' है जो।

रेखाओं से परे

नयन रचते हैं—प्रणय की रेखाएँ
और ओठ भरते हैं—इन्द्रधनुषी गीले रंग।

प्रेम
उजला और कोरा कागज़ है
शब्द और रेखाओं से परे
जिस पर
रचता है मन—अनलिखी
जिसे
सृजनधर्मी उँगलियाँ पढ़ती हैं
और सुनती हैं
प्रेम का रूपवान
चेहरा बनकर।

कस्तूरी गन्ध

प्रेम की आँखों में
सो जाती हूँ—एक स्वप्न की तरह
दुनिया की झूठ और हिंसा से थककर

नयनाकाश में
घिरते हैं—बादल
प्रेम के हृदय का पावन समुद्र
बरसता है मुझ पर।

मन-गर्भ में
तुम्हारे हृदय का बीज लेकर
मैं मूर्त रूप से रचना चाहती हूँ—तुम्हारा हृदय
जैसे—शब्दों में रची जाती है—सृष्टि
अमिट सृजन के लिए।

ईश्वरीय प्रेम

शताब्दी की शुरुआत के
प्रथम अंश में
रख दिए हैं—अपने लाल ओठ
प्रेम के शब्दों के लिए।

प्रेम की आत्मीयता से
रचूँगी—सजल-उर-प्राण सदृश
सरस और विश्वसनीय बोली
हृदय से हार्दिक संवाद के लिए
धरती का आदमी जाने
पृथ्वी की अपनी औरत से प्यार करना
जो सृष्टि भी रचती है और पुरुष भी।

मैंने शताब्दी के शुरू में चुना है—प्रेम
शताब्दी के सम्पूर्ण जीवन के लिए।

प्रेम
बचा सकता है—समय
और समय में
पूरी शताब्दी को।

प्रेम जानता है
इतिहास की ठोकरों से
कैसे समय को

और समय को प्यार करनेवाले
लोगों की छाती पर
लिखी हुई ऐतिहासिक इबारत को
बचाया जा सके।

इस शताब्दी के लिए
प्रेम की भाषा की अभिव्यक्ति के लिए
एक लिपि रचेंगे
जैसे—स्पर्श की लिपि में
होती है—प्यार की भाषा
मिठास की अनकही अंतरंगता।

प्रेम का पर्याय

नदी
जानती है—चाँद का सुख
जब
सारी रात
चाँद खेलता है—वक्ष से कोख तक
नदी की मछलियों को बनाता है—रुपहला।

चाँद और नदी के
अभिसार का अभिलेख हैं—रुपहली मछलियाँ
वे नदी की देह में
खोजती हैं—चाँदनी को
जो धुल गयी है
नदी की देह में
प्रेम का पर्याय बनकर
जैसे—
तुम
मुझमें।

नदी के
बहाव में है
नदी के प्यार की धुन
ध्वनि से शब्द बनाने के लिए।

चाँद सीखता है—

नदी से
प्रेम की भाषा
चाँदनी बनकर
नदी में घुलकर
रुपहली स्याही से
तरंगों में गाता है—
प्यार का लहरिया संगीत
और लिखता है—प्रणय की नई भाषा
जैसे—मैं
तुम्हारी साँसों से खींचती हूँ
प्रेम की प्राण-शक्ति
अपने शब्दों की चेतना के लिए
कि वे जब
खुलें और खोलें
अपना मौन
तब रचे
प्रेम की अमिट प्राकृतिक भाषा।

प्रणय-वक्ष

आँखें
एकनिष्ठ साधती हैं—
अपने प्रणय-गर्भ में
तुम्हारी संवेदनाएँ

तुम्हारा प्रेम
प्रणय का ऋषि-कानन
अनुभूतियाँ रचती हैं—
दुष्यंत और शकुंतला की तरह
प्रणय का नव-उत्सर्ग
गंधर्व विवाह का आत्मिक संसर्ग

सच्चाई की धड़कनों से गूँजता
मनुष्यता की साँस से साँस खींचता
प्रेम के लिए अपने प्राण सौंपता
तुम्हारा प्रणय-वक्ष
स्वर्ग का एक कोना
जहाँ प्यार के लिए
सर्वस्व समर्पण
जहाँ बरसता है रंग
बरखा की तरह।

सर्वस्व

साँस ले रहे हैं—

अधरों में अधर,
आँखों में आँखें,
साँसों में साँसें,
हथेली में स्पर्श।

हृदय में
धड़क रही हैं—
तुम्हारी धड़कनें
अनहद नाद की तरह।

अपने सर्वांग में
मैं जीती हूँ—तुम्हारा सर्वस्व
तुम्हारे शिवत्व को
साध रही हूँ अपनी शक्ति में

तुममें
खुद को खोकर ही जाना
प्रेम में जीना ही अर्धनारीश्वर
हो जाना है।

सर्वस्व विसर्जन की
समर्पणी साधना के बाद

देह की कांति
शक्ति के रूप में
भीतर-ही-भीतर
रच रही है अंतरंग प्रेम

प्रेम में
देह के भीतर
जाग उठती है प्रेम-देह
ध्वनित होने लगते हैं—
आत्मा के प्रणय-शब्द
ओठों को
कहना आ जाता है अपने मन की बात।

देह के रंध्र-रंध्र में
बन जाता है—
प्रेम रस का प्रणय-कोश।

जानती है जिसे
सिर्फ प्रणय-देह
रचती है—अनुभूतियों का विलक्षण अर्थ-कोश
कालिदास के शकुंतला की स्पर्श-स्मृति।

प्रेम में
देह के भीतर
जाग उठती है—प्रकृति की प्रेम-देह
देह-शिला के शैल
अंतःनिर्झरिणी से भीग उठते हैं
देह का पत्थर
पदार्थ की तरह पिघल उठता है।

प्रणय में
सम्पूर्ण देह वक्ष हो जाती है
पूरी काया हृदय की तरह धड़कती है
प्रणय-निनाद के
शास्त्रीय शब्द की महागूँज
जिसका शास्त्र सिर्फ साँसें समझती हैं।

ग्रीष्म की
टरकी प्यास की तरह
ठहरता है प्रेम
बादलों के आगमन की
पहली आहट की तरह
घुसता है भीतर।

बरसात की
पहली बूँद की तरह
समा जाता है—मन-रेत में
रेत से माटी
माटी से देह हुई मन-भीतर
प्रणय की ऋतुओं का सौभाग्य
जन्म लेता है।

स्वप्न-शक्ति

मैं सुनती हूँ तुम्हें
सुनकर छूती हूँ तुम्हें।

तुम्हारे स्वप्न
आवाज़ बनकर गूँजते हैं भीतर
कि अंतरिक्ष हो जाती हूँ।

तुम्हारे ओठों के शब्दों से चुराकर
सुना है तुम्हें
तुमसे ही तुम्हें छुपाकर
गुना है तुम्हें।

तुम्हारा ऐकान्तिक मौन-विलाप
तुमसे दूर होकर
मैंने दूर होकर भी
अपनी धड़कनों की तरह अनुभव किया है उसे
जैसे नदी जीती है—
अपने भीतर पूर्णिमा का चाँद
पूर्ण सूर्योदय
झिलमिलाते सितारे
और चुपचाप पीती है—
ऋतुओं की हवाएँ...।

उद्घोष

साँसों की हवाओं में
धीरे-धीरे रम गया है—प्रेम का मौन
जैसे प्रकृति जीती है—सन्नाटा

संगम तट पर
हथेलियों ने चुनी हैं
कुछ सीपियाँ
और मन में तुम्हारी स्मृतियाँ
प्रेम के नवोन्मेष के लिए।

सूर्य स्पर्श करता है—जैसे
प्रपात,
कुंड,
झरना,
सरिता,
वैसे ही तुम हमें
बहुत दूर से
अंतरंग स्पर्श।

चाँद-जैसे स्पर्श करता है—
उष्ण पृथ्वी,
तपी नदी,
सुरम्य घाटी,
उन्नत वृक्ष-शिखर,

वैसे ही मैं तुम्हें
समुद्र-पार से छूती हूँ
तुम्हारे मन की धरती
अदृश्य पर दृश्य।

जैसे आत्मा
स्पर्श करती है—परमात्मा
और परमात्मा
थामे रहता है—आत्मा।

दो परछाईं
(जैसे—अगल-बगल होकर)
एक होती हैं—
वैसे ही
तुम मुझमें
मैं तुममें।

प्रणय की साक्षी है—प्राणाग्नि
अधरों ने पलाश-पुष्प बन
तिलक किया है—प्रणय भाल पर
मन-मृग की कस्तूरी जहाँ सुगन्धित है
साँसों ने पढ़े हैं—
अभिमंत्रित सिद्ध आदिमंत्र...।

देह-कलश

एक-दूसरे की
देह-कलश से
छलक-छलककर
अमृत-जल से
भीग-भीगकर
प्रेम से पवित्र हुई है देह।

प्रेम में
आँखें कुछ भीतर
देखने लगती हैं।
मन कुछ भीतर से
सोचने लगता है।
स्मृतियों में होती है—
चंचल छवि की
अचंचल परछाईं

प्रतीक्षा में
प्रेम की साँसें
आतुर होकर
बुहारती हैं—प्रिय पथ
और निहारती हैं—दृष्टि पग से
प्रिय दृष्टि...।

अकुलाहट के शब्द

समय ने उलट दिये हैं—
दीवार पर टँगे कैलेंडर
दीवारें लगती हैं
कफ़न का सफ़ेद टुकड़ा।

तारीख़ों के अंक में
भरे होते हैं—अकुलाहट के शब्द
चुराने वाले समय की
कोशिशों की कशिश
सब कुछ अपना बना लेने की
अशेष उद्‌दाम जिजीविषा।

आँखें भी चुप हो गई हैं
और मुँदने पर
अपने ही आँसुओं की नदी में
डूब जाती हैं—आँखें
जैसे—वृक्ष
डूबता है अपनी ही छाया में
और छाया में डूबती है देह
फिर भी महसूस करती है—तपन और प्यास...।

अपनापन

शब्द तुम्हारे
हल्दी की गाँठ
रक्त जल में
उतरता है रंग।

शब्द तुम्हारे
आषाढ़ी मेघ
आस्था की माटी में
रमती है—सोंधी नमी।

शब्द तुम्हारे
सहस्र पँखुरी-पुष्प
आँखों के आकाश में
उगता है—युग वसन्त।

शब्दों की आँखों से
पीती हूँ—उजाला
आला भर
अँधेरे से सूने
डरे घबराए वक्ष के लिए।

तुममें घुले बगैर
जानना कठिन है—प्यार का अपनापन
आँखों में समा जाता है—जैसे सब कुछ

वैसे ही तुममें
मेरा हर कुछ।

उँगलियों पर दिन गिनने में
आँखें भूल जाती हैं—नाखून काटना
बढ़े हुए नाखून
काटते हैं समय-सुरंग
शकटार की तरह।

मन की अंजलि में
स्मृतियों की परछाईं हैं—
जो धुलती हैं
आत्मा की आँखों में
और आँसू बनकर
ठहर जाती हैं—
कभी आँखों के बाहर
कभी आँखों के भीतर।

मन के अधरों में
धरा है प्रणयामृत
शब्द बनकर
कभी ओठों से बाहर
कभी ओठों के भीतर।

लय : विलय

प्रेम में
साँसें समझ पाती हैं
साँसों की भाषा
जो देह की सिहरन से लेकर
कपोलों की लाली तक
एक है।

मन की देह के बीच
अपनी लिपि में
अपने लय में
अपने शब्दों में
अपने अर्थ में
लय होगी विलय।

एकांत में
राग की सुगन्ध
और सुगन्ध का अंगराग।

अपनी गंगा में
जीती हूँ तुम्हारी यमुना
जैसे
अपने कृष्ण में
तुम मेरी राधा।

प्रणय चाहता है
अपनी देह-गेह में
प्रिय का हस्ताक्षर
संवेदना की जड़ें
पसरती जाती हैं—भीतर-ही-भीतर

कि देह-माटी
पृथ्वी के समानान्तर
अपना वसन्त जीने लगती है।

प्रणयाग्नि से तपी देह
हो जाती है—स्वर्ण-कलश
अमृत से पूर्ण।

प्रणय
देह की ईश्वरीय चौखट पर
समर्पित करता है—अपना सर्वस्व
जैसे—विलीन होते हैं—
पंच तत्त्वों में
पंच तत्त्व...।

ओठों पर शंख

कागज़ पर शब्द
जैसे
ओठों पर शंख।

मेरा मन
तुम्हारी स्मृतियों की
जीवन्त पुस्तक।

ईश्वर ने
हम-दोनों में
बचाया है—प्रेम
और हम-दोनों ने
प्रेम में ईश्वर...।

मधु घर

तुम्हारे होने के बाद
अपने भीतर
सूँघ सकी
खाली ज़मीन की
रुँधी-कसक
जहाँ उग आया है—वसन्त
मह-मह आकाश
और उड़ान की फड़फड़ाहट।

तुम्हारे शब्दों ने
मेरे भीतर खोला—
पारदर्शी निर्झर
प्यास के विरुद्ध...।

तुम्हारे होने भर से
जान सकी
फूलों में कहाँ से आती है—सुगन्ध
कैसे आती है—कोमलता
धूप—उन्हें
कैसे तबदील करती है—रंगमय
मन
कैसे बदल जाता है—वृक्ष में
तितली
कहाँ से लेती है—लुभावने रंग

मधुमक्खी क्यों बनाती है—
शहद का घर
शाख में टाँगकर...।

तुम्हारी आँखों में
खुद को देखने के बाद जाना
नदी क्यों बहती रहती है—
रात-दिन बगैर रुके
समय की तरह...।

अक्षय स्रोत

शब्द
तुम्हारी तरह
देखते हैं—मुझे
और मैं
शब्दों की तरह—तुम्हें

ईश्वर के प्रेम की
छाया है—तुम्हारी आत्मा पर
ईश्वर अंश है—
तुम्हारा चित्त

तुम्हारे प्रेम में
प्रेम का ईश्वर देखती हूँ
तुम्हें स्पर्श कर
मैं प्रेम का ईश्वर छूती हूँ

शब्दों में
तुमने रचा है—प्रेम का ईश्वर
पवित्र पारदर्शी
ईश्वरीय प्रेम...।

अनुपम गाथा

आँखें
चाँद से पीती हैं—पूरी चाँदनी
साँसें
रात रानी से खींचती हैं—प्राणजीवी सुगन्ध
अस्तित्व
धूप से ग्रहण करती है—उजास का पूर्ण सुख
मेघ से
भीज उठती है—वसुधा की आत्मा की पोर-पोर
वैसे ही
हाँ, वैसे ही
तुमसे लेती हूँ तुम्हें
तुम्हारे अपनेपन को
जैसे—अंजलि में सरिता का जल
अधरों पर सागर-शंख
आँखों में ऋतुओं की गंध
वक्ष में स्वप्न के अंतरंग।
नदी के द्वीप-वक्ष पर
लहरें लिख जाती हैं—
नदी की हृदयाकांक्षा
जैसे—मैं।

सागर के रेतीले तट पर
भँवरें लिख जाती हैं—
सागर की स्वप्न तरंगें

जैसे—तुम।

पृथ्वी के सूने वक्ष पर
कभी ओस
कभी मेघ-बूँद
लिख जाती हैं—
तृषा-तृप्ति की
अनुपम गाथा
जैसे—मैं...।

शब्दों से खींचती हूँ साँस

विदेश-प्रवास में
अँधियारे के मीठे उजालेपन में
चाँदनी, सितारों में
जब चमक चुकी होती है...।

चाँद सोता है
जब तुम्हारे सपनों में
अकेलेपन की पिघलती मोमबत्ती की
सुनहरी रोशनी में
कभी शब्द तपते हैं ताप में
और कभी मैं शब्दों के साथ।

अपने बाहर की ही नहीं
भीतर की भी साँस रोककर
शब्दों से खींचती हूँ साँस

मन की उमसती कसक को
पसीजी हथेली में रखती हूँ—
शब्द नये गढ़कर
लिखे जानेवाले हों जैसे—
हृदय की मंजूषा में।

सूरज
हर सुबह

छींटता है नई उत्सव-रश्मियाँ
जैसे वे भी
शब्द-बीज हों
अगले भविष्यार्थ के लिए...।

परिभाषाओं से परे

प्रेम में
व्यक्ति
अपने प्रिय के लिए रचता है—
बाहर और भीतर
एक नई दुनिया

प्रेम के अनुकूल
और उसके ही
प्रेम से बनी
जैसे—कोरे काग़ज़ पर
वह लिखता है—
प्रेम के लिए चिट्ठी
प्रेम की सारी परिभाषाओं से अलग।

प्रेम की नई भाषा
अपने अनोखे प्रिय के
समर्पित प्यार के लिए
वैसे ही
वह उसके लिए
बनाना चाहता है—नया घर
प्रेम-घर।

अतीत के सभी चिह्नों को मिटाकर
बीते हुए एकाकीपन से पियराये

और गली हुई उदास साँसों से
धुआँई दीवार पर
अपने प्यार की चमकती साँसों से
धवल कर देना चाहता है
ज़िन्दगी के अकेलेपन की
कालिख हुई दीवार को

प्रिय के प्यार के
सुख के लिए
रचना चाहता है—
एक नया संसार
जो किसी भी दुनिया से
सुन्दर हो
और उसके कहे की तरह
विश्वसनीय

प्रकृति की बदनीयति से भी
बचाकर रखना चाहता है—
अपना प्यार

प्रकृति की दैविक, दैहिक और भौतिक आपदाओं से
परे रखना चाहता है वह
अपना प्यार और प्रिय

प्रकृति को
सबसे सुन्दर सृष्टि के रूप में
बचाए रखना चाहता है—
अपना प्रिय
और उसके लिए
प्रकृति

प्रकृति से मिटा देना चाहता है—
वह हिंसा का खून
और अविश्वास का झूठ
कि उसकी प्रिया के हृदय से
डर मिट सके।

अपने जीवन का
सर्वोत्तम सौंपकर
पृथ्वी की ओर से
अपनी प्रिया की
आँखों में विश्वास का संसार
रचना चाहता है वह।

निर्भय होकर
अपनेपन से भरकर
उसके भुजपाश में सिमटकर
विश्वास के वक्ष का आलिंगन
ले सके
जैसे—पक्षी...।

धर्म से बाहर

प्रेम को
पृथ्वी की प्रथम और अंतिम चाहत की तरह
चाहा है।

स्वार्थ के समय ने
प्यार को बहुत मैला कर दिया है।
अविश्वास ने तोड़ दिया है
प्यार का साँचा
जैसे—ईश्वर से बने धर्म से
ईश्वर बाहर हो गया है
जैसे—धर्म के भीतर से
लोगों ने ईश्वर को उठा दिया है।

अपने
मानस के धर्म में
मैं फिर से
रच रही हूँ 'ईश्वर'
अपनी आस्था की ताक़त से
वैसे ही
अपने मन के धर्म से
तुम्हारे हृदय में
रच रही हूँ प्यार।

शर्तों, अनुबंधों और प्रतिबंधों से परे

तुम मेरे
मन और अस्तित्व की
पहली और अंतिम चाहत हो...।

पुनर्जन्म का सुख

वह मुझे सुनता है—
अपने पहले प्यार की तरह।
वह मुझसे खेलता है—
बचपन की यादों की तरह।

वह मुझे खिलाता है—
अपने सुख का पहला कौर।
वह मुझे देखता है—
अपने भविष्य की तरह।

वह मुझे सहेजता है—
अपनी हथेलियों की तरह।
वह मुझे चूमता है—
अपने अनमोल सपने की तरह।

वह मेरे मौन को पढ़ता है—
सबसे सशक्त संवाद की तरह
वह मुझे रचता है अपने प्यार से
वह मुझे देता है—पुनर्जन्म का सुख
अपनी संतान को जन्म देने से पहले
वह मुझमें जनमाता है—प्यार।

सारी स्तब्ध गति के बावजूद
मैं उस तरह नहीं चल रही

जैसे दुनिया दौड़ रही है।
क्योंकि
मैं जानती हूँ।
जहाँ गति होती है
वहाँ गहराई नहीं होती है बहुत।

प्रकृति में तुम

सूर्य की चमक में
तुम्हारा ताप है।
हवाओं में
तुम्हारी साँस है।
पाँखुरी की कोमलता में
तुम्हारा स्पर्श।
सुगन्ध में
तुम्हारी पहचान।

जब जीना होता है तुम्हें
प्रकृति में खड़ी हो जाती हूँ
और आँखें
महसूस करती हैं
अपने भीतर तुम्हें।

मैं अपनी परछाईं में
देखती हूँ तुम्हें।
परछाईं के काग़ज़ पर
लिखती हूँ गहरी परछाईं के
प्रणयजीवी शब्द।

तुम मेरी आँखों के भीतर
जो प्यार की पृथ्वी रचते हो
उसे मैं शब्द की प्रकृति में
घटित करती हूँ।

आत्मीय शब्द

ओठों को बोलने से पहले
शब्द का अर्थ चाहिए।
उँगलियों को स्पर्श से पहले
आवेग की गति चाहिए।

हृदय को धड़कने से पहले
देह चाहिए।
पाँव को चलने से पहले
रास्ता चाहिए।

रास्ते से पहले तक
घर जैसी आत्मीय मंज़िल चाहिए।
मंज़िल से पहले
जीवन चाहिए।

जीवन से पहले ज़िंदगी की ज़रूरत चाहिए।
ज़रूरत से पहले जीवन की ज़िंदगी चाहिए।
जैसे जीने के लिए प्यार का विश्वास
और उसकी शक्ति चाहिए;
जैसे बीज को पेड़ बनने से पहले
धरती, सूरज और पानी चाहिए;
वैसे ही अपने से पहले
मुझे तुम चाहिए।

तुम्हारे तुम से ही
मेरा 'मैं' बनेगा
तुममें जीने के लिए
तुमसे जीने के लिए।

अनुभूति-रहस्य

प्रेम के क्षणों में
अनुभूतियों का सुख रहस्यमय होता है।

तुम्हारे सुख का रिसता हुआ रस
मेरे प्रणय का रस है
जो तुमसे होकर मुझ तक पहुँचता है।

प्रेम एकात्म अनुभूतियों की
अविस्मरणीय दैहिक पहचान है।
प्रेम में मन
सपने सजाता है तन के लिए
प्यार में मन-तन
वसुधा से समुद्र बन जाता है।
देह की धरती समा जाती है
मन के समुद्र में

एक दूसरे में
अनन्य राग।

अनुराग की साँसों में
माटी से पानी में बदल जाती है
सम्पूर्ण देह।

देह के भीतर के बर्फीले पर्वत

बादल की तरह उड़ने लगते हैं—देहाकाश में
इन्द्रधनुषी इच्छाओं के बीच।

प्रेम में
भाषा का कोई काज नहीं होता है
'प्यार' ही 'प्यार' की भाषा है
'देश'-'काल' की सीमाओं से परे...।

अंतरंग साँस

तुम्हारा प्यार
मेरे प्यार का आदर्श है।

बादलों से बादलों में
क्षितिज की तरह बन गए हैं हम दोनों।

प्यार में
समुद्र हुए हम दोनों
क्षितिज हैं—सागर के।

प्यार में
समुद्र को पीता है आकाश
आकाश को जीता है समुद्र
वैसे ही—
तुम मुझे
अपने कोमलतम क्षणों में

तुम्हारे प्यार की परिधि
मेरी सीमा और संसार...।

थाप की परतें

तुम्हारे ओझल होते ही
सब कुछ ठहर जाता है
सिर्फ साँसें पार करती हैं—समय
निःस्पृह होकर

तुम्हारे साथ के बाद
कोई गीत के बोल
नहीं रुकते हैं ओठों पर।

तुम्हारी रूमाल की परतों में
हथेली के स्पर्श की परतें हैं
और वहीं से दिखते हो तुम
मुझमें मेरी ओर आते हुए
जैसे—उदय होता है—सूरज।

शब्दाशीष

मैं
तुम्हारे ओठों का वाक्य हूँ।
हृदय की भाषा का सर्वांग
तुम्हारे स्पर्श ने रची है—
प्यार की देह
जो बोलती है—मेरे भीतर
तुम्हारे ही शब्द बनकर

आँसू
पोंछते हैं—अकेलेपन के निशान
कि कल को कहीं
तुम्हारे साथ होने पर भी
लौट न पड़े अकेलापन।

आँसू की स्याही से
शब्दों में रचती हूँ—ईश्वर
और अपने ईश्वर में
गढ़ती हूँ—आस्था का ईश्वर
जिसकी धड़कनों के भीतर
सुना है—ईश्वर का संदेश
प्रेम के शब्दों में...।

भोजपत्र पर

देह के भोजपत्र पर
साँसें और स्पर्श लिखते हैं—
प्रणय का अमिट महाकाव्य।

ओठ छूट गये हैं मेरे अधरों में
अपने निर्मल और उष्म स्पर्श के साथ

तुम्हारे जाने के बाद
एक आदमकद आईने में
बदल चुकी हूँ मैं।

पृथ्वी का सम्पूर्ण प्रेम
उमड़ आता है
मेरे भीतर
तुम्हारे होने पर
कि पृथ्वी के सारे रत्न
अंजलि में होते हैं झिलमिलाते

आँखों में
रहते हो—रात-दिन
अक्षय स्वप्नों के लिए

सपनों तक
पहुँचने का रास्ता

ओठों ने खींचा है—
मन की धरती पर

देह-भीतर रचते हो
प्रेम की पृथ्वी
खोलते हो देह
जैसे—गेह द्वार

प्रणयातुर नयन
खेलते हैं—पर्वत शृंखला से
हथेलियाँ भर उठती हैं—देह-रेत से
और रचती हैं—धरौंदे सपनों के

हथेलियाँ
सिद्ध करना चाहती हैं—
साधना का सहज रसावेग

अंतरंग के कैलाश पर्वत पर
देह जानती है—
विदेह होने का
सरस-आत्मीय सुख

गुप्त गोदावरी के
अंतस्थल में
रखते हो—अपनी अमृत बूँद
प्रणय की पुनर्सृष्टि...।

समर्पण

प्रेम
हर जन्म में
पुनर्जन्म लेना चाहता है।

समर्पण को
सौंपती हूँ
अपना समर्पण
पुनर्जन्म के लिए।

अंतःसलिला

प्रेम में
खुलती है—प्रेम की देह।

देह-भीतर
अन्वेषित होती है—
प्रणय अंतःसलिला।

कमल-पुष्पों की सुगन्ध से
सराबोर होता है—देह का सुकोमल वन।

मानसरोवर में

खिलती है—पँखुरी-दर-पँखुरी
सृष्टि पराग की
पुनर्सृष्टि के लिए
देह के मानसरोवर में।

देह की परतों के भीतर
स्पर्श रचता है
प्यार का भीगा-भीना सुख
विलक्षण अनुभूति इतिहास।

देह
प्रणय का ब्रह्माण्ड है।
साँसों की आँखें
स्पर्श करती हैं—
स्नेह का अंतरंग कोना तक
जहाँ साँस लेता है—ब्रह्माण्ड।

प्रणय की पुनर्सृष्टि की
शक्ति है—अदृश्य
लेकिन
स्पर्श के भीतर—दृश्य
इसी विश्वास में
प्रेम
धड़कता रहता है—भजन बनकर।

अनंग पुष्प

तुम
प्रेम का शब्द हो।
विदेह प्रणय की
सुकोमल देह।
अनंग-पुष्प की
साकार सुगन्ध।

अनुभूति का अभिव्यक्त रूप।
अजस्त्र उष्म अमृत-कुंड—
जिसमें नहाती और तपती है—देह
प्रणय की ज्वालामुखी आँच में
लावा के सुख को जानने के लिए।

अपनी ही साँसों की
हिमानी हवाओं में
बर्फ होती हुई।
स्मृतियों के स्वप्न से
पिघलती है—
अपनी ही तृषा-तृप्ति के लिए
पीती हूँ—अपनी ही देह का पिघलाव

तुम्हारे सामने न होने पर
दर्द से जन्मे
आँसुओं को

दर्द से जिया है।

प्रतीक्षा की आग के ताप को
आँसू
चुप नदी की तरह पीती है।
प्रतीक्षा के प्रवाह में
टूटी लकीरें तोड़ती हैं—
संवेदनाओं का साहस।

प्राणाग्नि

अशोक वृक्ष-सा
आवक्ष लेता है—प्रणय
साँसें लिखती हैं—अछोर गुप्त-लिपि
मन की जड़ों तक
तितिक्षा से मिलने के लिए।

मेरे-तुम्हारे
प्रणय की साक्षी है—प्राणाग्नि
अधरों ने पलाश-पुष्प होकर
अभिषेक किया है—प्रणय-भाल
मन-मृग की कस्तूरी सुगंधित है जहाँ
साँसों ने पढ़े हैं—अभिमंत्रित सिद्ध मंत्र

एक दूसरे के देह-कलश के
अमृत-जल ने
पवित्र की है—देह
मौन स्पर्श ने
लिखे हैं—अघोषित शब्द

देह के हवन कुंड में
पवित्र-संकल्प के साथ
समर्पित हुई है—प्राणों की चिरायु शक्ति
अधरों ने अधरों पर लिखा है—

प्रणय का प्रथम संविधान
प्रेम का नव्य संयुक्तानुशासन
एकत्व और एकात्मकता के लिए।

शब्द-सच

तुम्हारे शब्द
भावना की स्वर्णिम गिन्नी हैं
हृदय के टकसाल में निर्मित

प्रेम के
एक ही सिक्के हैं—हम दोनों
जिसकी
पहचान और धातु एक है।

अपने सम्बन्धों के लिए
रची है—मैंने
एक अनूठी भाषा
जिसके शब्द
रातों के एकान्त
और नींद के सपनों ने रचे हैं

अपना प्रेम
अलौकिक प्रणय नदी का
लौकिक तट

प्रणय की पूर्णिमा का
सौन्दर्यबोधी चाँद
मन-भीतर पिघलकर
रुपहला समुद्र बनकर

समा जाता है—
आँखों की पृथ्वी में
अपनी जगह बनाते हुए
महासागर की तरह...।

देह-कुसुम

तुम्हारी साँसों को
सकेल लेना चाहती हैं—साँसें
अपने गर्भस्थ शिशु-प्राण के लिए।

वियोग-संतप्त साँसों से
खींच रहा है—साँस
प्रणयी शिशु
देह-भीतर
मेरी ही तरह।

अनुपस्थिति की अनुभूति ही
आँखों का अँधेरा
काली स्याही-सा
अकेलेपन की गरम कोठरी में।

आकाश-गंगा का नक्षत्र
प्रेम-गंगा का सितारा
अवतरित हुआ
प्रणय-देह में
प्रेम-प्रतीक बनकर।

वियोग की सामुद्रिक दूरियों के बावजूद
छटपटाती हैं—मोह-मछलियाँ
मँडराती हैं—रंगीन तितलियों-सी।

तुम्हारी साँसों से सीधे
साँस लेना चाहती हूँ
तुम्हारे गर्भस्थ शिशु की साँस के लिए।

तुम्हारी आवाज़ को सुनकर
धड़कना चाहता है—हृदय
शिशु के लिए
कि अभिमन्यु की तरह वह
युद्ध के चक्रव्यूह से अधिक
रच सके—जीवन संजीवनी नव-भाषा
स्व-वाणी में सान सके
आत्मीय सरस संवाद।

देह चाहती है—
तुम्हारी सृजनधर्मी हथेलियाँ
अजन्मे शिशु के लिए
कि देह-गर्भ की माटी में पड़े
प्रणय-बीज की देह में उभर सके
तुम्हारी हथेलियों के छापे
दस्तावेज़ी मोहर की तरह

तुम्हारी लिपि खोलेगा भविष्य में
तुम्हारा शिशु
अपने प्रथम बोलों में।

मुझको देखती हुई देखेंगी
प्रणयातुर तुम्हारी आँखें
अजन्मे शिशु की शान्त गर्भाकाश में
शुभांकित नक्षत्र की तरह।

पुलकित किलक की
प्रथम सुगन्ध को
सूँघ सकोगे—
अपनी हुई देह-कुसुम से
तुम्हारा ही पुष्प-पराग
प्रणय देह में पुष्पित-पल्लवित

जन्म से पूर्व
सिखा देना चाहती हूँ शिशु को
तुम्हारी तरह मुस्कुराना—देखना
अपना सब काम छोड़कर
चुम्बन देना।

गर्भस्थ शिशु के समय
तुम मेरे साथ रहो
अपने प्रथम चुम्बन की तरह
जन्म से पहले ही
मान-पहचान ले तुम्हें अपना पिता
मेरे बताने से पहले।

आँखों का प्रणयी प्रकाश
मुँदी पलकों पर रखे
प्रेम-प्रकाश की अक्षय-बूँद

दुनिया देखने से पूर्व
गर्भ-भीतर ही
अनुभव करे तुम्हारी गोद
तुम्हारे वक्ष-स्पर्श से जाने
पिता का आह्लाद-सुख

2

तुम्हारे साथ सूर्योदय देखते हुए
जीना चाहती हूँ—अपने भीतर का सूर्योदय
कि वह कहला सके
तुम्हारे प्रणय का सूर्य-सुत
सृष्टि-संतति।

तुम्हारे अधर-स्पर्श से पहचाने
सम्बन्धों की कोमलता
और जाने कि
पिता ने कितना प्यार किया है
उसकी 'माँ' को।
प्रकृति की सर्वोत्तम सृष्टि की तरह
सम्मानित कर अंगीकार किया है—
देह-गर्भ-भीतर उकेरा है—अपरा नाम-रूप।

पृथ्वी के कोमलतम प्रेम से रचित
शिशु—'प्रेम का हृदय' है
बहुत चुपचाप
विध्वंसक दुनिया से
बच-बचाकर रचा है—एक दिव्य प्रेम
जैसे—
सृष्टि रचने से पूर्व
ईश्वर ने रचा होगा—प्रेम।

पुनर्जन्म लेगा
शिशु के रूप में
प्रणय का विलक्षण
प्रतीक बनकर।

तुम्हारा हृदय
धड़कने लगा है—मेरे भीतर
शिशु के रूप में
जिसकी मुट्ठी में
हमारे सपने हैं।

भिंची हथेली में
मेरी उँगलियाँ हैं
जिसने पिया है—प्रेमरस
तुम्हारे ओठों का।

मन की आँखें
निहारती हैं उसे
भीतर-ही-भीतर
और अनुमान करती हैं
तुम्हारे स्पर्श की मुस्कुराहट
अपने भीतर अन्वेषित हुई
नवमाटी में।

'माँ' बनने के सुख में
तुम्हारी प्रेमानुभूति का सुख है
हार्दिकता के साथ क्रीड़ारत तुम्हारा शिशु
बढ़ते हुए रच रहा है—मेरे भीतर
ममता का पालना।

उसकी धड़कनों में सुनाई देती है
तुम्हारे सपनों के हृदय की धक-धक
जहाँ जन्म ले रही है—नई सृष्टि
अर्धनारीश्वर के रूप में।

शिशु-मुस्कान का आनन्दानुभव होता है
पयोधरों की नसों-भीतर
कि वे छलक पड़ते हैं—नयन-भीतर
दुग्धामृत की धवलता से
कि दुधीले दाँतों के लिए
मुँह-भीतर रचेंगे—शैशव-सुख।

दूध की बनी दँतुलियाँ
कभी धँसेंगी तुम्हारी छाती में
जहाँ मैंने बनाया है—
अपने 'प्यार का पहला घर'।

तुम्हारे शिशु की
जीवन-गति और स्वप्न-आहट
और हलचली ध्वनियाँ
रचती है—सृष्टि के नव शब्द
'माँ' के उर-प्रांतर में
पिता-संबोधन के लिए

गर्भस्थ माँ
प्रतीक्षा करती है—शिशु-पिता का
चार आँखों से
अपने हृदय-गर्भस्थ शिशु की आँख भी
अपनी आँखों में लिये हुए।

प्रतीक्षा के स्वप्न-बीज

प्रतीक्षा में बोए हैं—स्वप्न-बीज

उड़ते सेमल के फाहों को
समेटा है मुट्ठी में
विरोधी हवाओं के बीच।

आँसू ने धोई है—
मन की चौखट।
और प्राणवायु ने
सुखायी है—आँखों की ज़मीन।

अधरों ने
शब्दों से बनायी है—अल्पना
और धड़कनों ने
प्रतीक्षा की लय में
गाए हैं—बिल्कुल नए गीत।

प्रतीक्षा में होती है—
आगमन की आहटें
पाँवों की परछाईं
हथेलियों की गुहारती पुकार
आँखों के आले में
प्रिय के आने का उजाला समाने लगता है,
और एक सूर्य-लोक दमक उठता है।

प्रतीक्षा के सन्नाटे में
कौंधती है—आगमन-अनुगूँज
शून्यता में तिर आती हैं—
पिघली हुई तरल आत्मीयता की लहरें।

समाने लगता है—
अपने भीतर अमिट संसार
आँखों में... साँसों में
पसीज आई हथेली में।

आँखों की पृथ्वी पर
होती हैं—भाव-ऋतुएँ
नक्षत्र से निरखते हैं—
तुम्हारे नयन निष्पलक।

चुपचाप परखती हैं—आँखें
अलौकिक प्रभालोक
तुम्हारे प्रणय का
अक्षय आकांक्षा-वलय।

साधक की तरह

आँखों में रखी हैं—तुम्हारी तस्वीरें
मेरी आँखें तुम्हारा ही एलबम हैं।

प्रेम की आवाज गूँजती और बजती है
भीतर-ही-भीतर नए राग की तरह
रागालाप में लगी रहती है निरंतर
साधक की तरह।

धड़कनों में धड़कती है—
तुम्हारी ही धड़कनें
साँसों में प्रणय-साधना अविचल

खजुराहो के शिल्पी की तरह
गढ़ी है—एक प्रणय-प्रतिमा जीवंत
जिसे अपनी आँखों से
अनावृत किया है तुमने
मेरी आँखों में।

चुपचाप

आँखों के भीतर
आँसुओं की नदी है।
पलकें मूँदकर
नहाती हैं आँखें।
अपने ही आँसुओं की नदी में
दुनिया से थककर।

ओठों के अन्दर
उपवन है,
जीते हैं—ओठ।
चुप होकर स्मृति
प्यास से जलकर
एकाकीपन की आग में।

हृदय की वसुधा में
प्रणय का निर्झर नियाग्रा है
मेरे लिए ही झरता हुआ—।

स्मृतियों का स्पर्श

‘अकेलापन’ पतझर की तरह
उड़ता और फड़फड़ाता है।

तुम्हारी तस्वीर से
उतारता है—स्मृतियों का स्पर्श।
देह मुलायम होने लगती है,
तुम्हारी चाहत की तरह।

तुम्हारे शब्द
सपनों की आँखें हैं
जिनसे रचती हूँ भविष्य।

तुम्हारी हथेलियों ने
छोड़ा है—भावी रेखाओं का छापा
जैसे—मेरे हृदय ने छोड़ा है—
अपनेपन का अविस्मरणीय स्मृति-चित्र

तुम्हारे प्राणों में मैं
अपने पूर्ण को देखती हूँ।
तुम्हारी साँसों से
लेना चाहती हूँ—साँसों की शक्ति।

मन-गर्भ की दीवारों में
लिखा है—तुम्हारा नाम
रक्त में सान रहा है जो
तुम्हारे प्रणय का रस-रंग-गंध।

आकाश-गंगा

तुम्हारे बिना
समय—नदी की तरह
बहता है—मुझमें।

मैं नहाती हूँ—भय की नदी में
जहाँ डसता है—अकेलेपन का साँप
कई बार।

मन-माटी को बनाती हूँ—पथरीला
तराशकर जिसे तुमने बनाया है मोहक

सुख की तिथियाँ
समाधिस्थ होती हैं—
समय की माटी में।

अपने मौन के भीतर
जीती हूँ—तुम्हारा ईश्वरीय प्रेम
चुप्पी में होता है
तुम्हारा सलीकेदार अपनापन।

अकेले के अँधेरेपन में
तुम्हारा नाम ब्रह्मांड का एक अंग
देह की आकाश-गंगा में तैरकर
आँखें पार उतर जाना चाहती हैं
ठहरे हुए समय से मोक्ष के लिए।

सम्बन्ध

तुम्हारी आवाज़ की चिट्ठी
पढ़वाती हूँ—हवाओं से
और तुम्हारी साँस-सुख महसूस करती हूँ
वृक्षों से—और तुम्हारे अस्तित्व में विलीन हो जाती हूँ।
सूर्य से—और तुम्हारा प्रणय ताप रक्त में जी लेती हूँ।
मेघों से—और तुम्हारे विश्वासालिंगन में सिमट जाती हूँ।

तुम्हारी छवि—परछाईं के
रोम-रोम के दर्पण में
उतर जाती हैं—पुतलियाँ।

महुए-से चुए
तुम्हारे शब्दों से
सूँघती हूँ—प्रणय की सुगन्ध।

अग्निगर्भी शक्ति

धूप में
बढ़ाती हूँ—
अपनी आत्मा की अग्निगर्भी दीप्ति
तुम तक पहुँचती हूँ तुम्हारे लिए।

अक्षय प्रणय प्रकाश
तुम्हारी मन-खिड़की से
पहुँचता होगा—निकट से निकटतर
कि नैकट्य की
नूतन परिभाषाएँ रचती होंगी
तुम्हारी अतृप्त आत्मा।

वृक्ष को सौंपती हूँ
वक्ष की अंतस अनुभूतियाँ
अपनी धड़कती आकांक्षाएँ
जो तुम तक
मेघदूत बन
पहुँचता है—
गहरी आधी रात गए।

अवगाहन के लिए

सेमल के फूल-सी
अनुभूति की मुट्ठी में
समेट लेना चाहती हूँ,
प्रणय का सम्पूर्ण-सुख
तुम्हारी हथेली थामकर।

प्रकृति का अनन्य सुख
जानने के लिए
देह से रिसकर
एक अनंत राग के
अवगाहन के लिए
तुम्हारे अपनेपन में
समाती हूँ—चुपचाप।
कभी तुम्हारे विश्वास की प्रणय-घाटी में,
कभी तुम्हारे आत्मीय अधर के अमृत-कुंड में।

मेरे ही प्राण
तुम्हारे प्राण बनकर
धड़कते हैं अब
मेरे वक्ष-भीतर
तुम्हारी छवि छूती है मेरी मन-छाया।

तुम्हारी हुई धड़कनों में

बजती है—तुम्हारी ही धुन
जैसी कृष्ण ने बजायी थी
आत्मा के प्रणय-नाद के निनाद के लिए।

प्रणय-पाखी

देह के
पृष्ठ-दर-पृष्ठ पर
ओठों ने लिखे हैं—
बोले हुए अनबोले शब्द
चुपचाप
कि
वियोग में पन्नों की तरह
फड़फड़ाती है देह
शब्द!
पक्षी की तरह
उड़ जाना चाहते हैं—
देह की पुस्ती से,
तुम्हारी
देह-पुस्ती के
पृष्ठ बन जाने के लिए।

वियोग-सुख

तुमसे
छुपाकर जीती हूँ
तुम्हारा वियोग।

आवाज़ में ही—
दबा ले जाती हूँ—रुलाई।
लिखने से पहले
शब्दों से खींच लेती हूँ
बिछोह की पीड़ा।

तुम तक
पहुँचने वाले
सूर्य और चन्द्र में
चमकने देती हूँ
तुम्हारा चूमा हुआ प्रेम।

वियोग-संताप को
घोलती हूँ—रक्त भीतर
कि आँख में जन्म न ले सकें आँसू।

व्याकुलता के विरुद्ध

मेरी घड़ी में
जागता है—तुम्हारा समय।
मेरी साँसों में
तुम्हारी साँसें।

अपनी आँखों को
जोड़ दिया है—तुम्हारी आँखों से
जी जुड़ाने के लिए।

तुम्हारी महक को
बचा लायी हूँ—सामानों में।
कि वे स्वप्न बन गए
और कमरे में तुम्हारी पहचान की सुगन्ध
अकेलेपन की घुटन के विरुद्ध है।

तुम्हारे सामान मेरे सामानों को
अपनी पहचान दे रहे हैं,
तुम्हारी हथेली की तरह।

मेरा प्रेम
धरती के अनोखे
पुष्प-वृक्ष की तरह
खिला है—तुम्हारे भीतर

आँखें
अपना चेहरा
देखना चाहती हैं
तुम्हारी आँखों के प्यार में।

देह-विदेह

दो गोलार्द्धों में
बाँट दिए जाने के बावजूद
पृथ्वी भीतर से कभी
दो ध्रुव नहीं होती
मेरी-तुम्हारी तरह।

तुम्हारी साँसें
हवा होकर
हिस्सा होती हैं मेरी।
मेरे बाहर और भीतर की प्रकृति की
सृष्टि बनती है तुमसे।

तुम्हारा होना
मेरे लिए सूर्य-प्रकाश है।
तुम्हारा वक्ष
धरती बनकर है—मेरे पास।

तुम्हारे होने से
पूरी पृथ्वी मेरी अपनी है
घर की तरह।

चिड़ियों की चह-चह में
तुम्हारे ही शब्द हैं
मेरी मुक्ति के लिए।

मुक्ति के बिना
शब्द भी सहचर नहीं बनते हैं।

मुक्ति के बिना
सपने भी आँखों के घर में नहीं बसते हैं।

मुक्ति के बिना
प्रकृति का राग भी
चेतना का संगीत नहीं।

मुक्ति के बिना
आत्मा नहीं समझ पाती है—
प्रेम की भाषा।

मुक्ति के बिना
सब कुछ देह तक सीमित रहता है
मुक्ति में ही होती है—देह-विदेह।

तुम्हारे शब्द

घर में तुम
घर की तरह बचे हो।
मुझमें—मेरी तरह।

मेरे मौन में
समायी है—तुम्हारी ख़ामोशी।
जैसे—मेरे शब्दों में
तुम्हारे शब्द।

तुम्हारी कंघी को
फिरा लेती हूँ अपने केशों में।
तुम्हारी सहलाती
हथेली हैं—वे

तुम्हारी अनुपस्थिति को
भरती हूँ तुम्हारी ही सुगन्ध से।
तुम तक पहुँचने के लिए
घनेरी रात में।

तुम्हारी छोड़ी हुई
हर चीज़ को
छूती हूँ।
कि जैसे अपने
स्पर्श में से

बचे हो तुम
हर वस्तु में।

तुम्हारे देखे गए दर्पण में
आदमकद देखती हूँ खुद को
लेकिन तुम्हें ही
पुनर्प्राणार्जित
मेरी साँसों में
चलती हैं तुम्हारी साँसें!
जैसे—तुम्हारे जीवन में
मेरा जीवन।

देह की चाक से

सब कुछ
साँस ले रहा है—
मेरी देह में
सम्पूर्ण सृष्टि
तुम्हारी प्रकृति बनकर
मेरे भीतर।

अधरों में अधर,
आँखों में आँखें,
साँसों में साँसें,
हथेली में स्पर्श,
मेरे भीतर प्रतिध्वनित,
तुम्हारी ही ध्वनि।

अपने सर्वांग में
मैं जीती हूँ—तुम्हारा सर्वस्व
तुम्हारे शिवत्व को
साध रही हूँ—अपनी शक्ति से
तुम्हारा अंतस और बाह्य
गढ़ रही हूँ
अपनी देह की चाक में
कुम्हारिन की तरह।

देह के ब्रह्माण्ड में

नव-नक्षत्र की तरह।
अपनी धड़कनों में
दीप्तिमान है—तुम्हारा प्रणय
देह की कान्ति बनकर।
स्फूर्ति रच रही है—
प्रेम का स्थायी—सुखोत्सव।

गहराई से जिए गए
सघन सम्बन्धों को
भरा है—गहरे अर्थ से
कि इससे पहले
जैसे—यह शब्द

अर्थ के बिना था

अनुभूति की दुग्ध-नलिकाओं से
उतरने लगा था—दूध
गर्भस्थ शिशु के लिए।
हृदय की कोख में
धड़कने लगा था—
'माँ' शब्द।

अपनी ही साँसों में
महसूस होने लगी थी,
अपने बच्चे की दुधीली साँस
और ममता की सुगन्ध।
हथेलियाँ वात्सल्य से
मुलायम और गदीली होने लगी थीं।

अपनी पुलक में
महसूस करने लगी थी—
तुम्हारे शिशु की किलक।

मेरे सपनों में
शामिल होने लगा था—
उसका भविष्य।

धीरे-धीरे देह टोहने लगी थी—
तुम्हारे प्यार का जादू।
जैसे—मैंने जिया है प्रेम का सुख
तुम्हारे वक्ष भीतर सिमटकर।

अपने केशों में

महसूस होने लगी थी
शिशु की भिंची मुट्ठियाँ
और उनका खिंचाव।
अपने कंधों पर
शैशव का सोंधापन,
अपने स्तनों में
उसकी भूख का भारीपन,
और छाती में
दुधारू गायों का-सा भार,
उसकी काल्पनिक स्मृतियों की लार से,
भीजने लगी थी—देह।

नानी की लोरी
तरंग बन जाग उठी थी—
भूले हुए कंठ में,
हथेलियाँ सीखने लगी थीं—
थपकियों का कत्थक,
शिशु को अपने सपनों की छाती से
लगाकर सुलाने के लिए
जैसे—तुम्हारे वक्ष से लगकर
हृदय ने सीखा है—
तुममें समाकर जीना।

तुम्हारे शिशु में
देखने लगी थी—अपना सूर्योदय
दैवी शक्ति का आविर्भाव।
झरने लगी थी
पराग की माटी,
जिससे लीपने लगी थी
मन की देहरी

कि अचानक झर गया—
देह का केशर।
सपने की आँखों
खुलने से पहले ही
भर गयी खून से।

गर्भ की आँखों में
आँजा हुआ—तुम्हारा नेह काजल
लाल आँसू बनकर
रिस गया वह।

अपने ही देह-घर में
गर्भस्थ शिशु की साँस रुकने का दर्द
'माँ' ही जान पाती है।
देह के वसन्त-ऋतु में ही
पतझर का पर्याय बन फड़फड़ाता हो जैसे।

देह का
वसन्त-घर से मौत-घर में
बदल जाने का दुःख,
गौतम बुद्ध के दुःख दर्शन से परे है।
स्त्री ही सहती है
अंकुरित देह के झर जाने का
प्राणलेवा त्रास;
कि—लिखे कुछ
इससे पहले—
चू पड़े स्याही काग़ज़ पर
जैसे—देहाकाश से
टूटकर गिर पड़ा हो—ध्रुवतारा
ब्रह्मांड से बाहर।

जैसे—कलाई से
धड़कती घड़ी
उतार ली हो—समय ने।

पहले भी
डरती रहती थी—हर पल
कि ईश्वर घर से पवित्र
कोमल और मुलायम
स्वर्ग से सुन्दर
पंखुरी से मुलायम
पराग से सुगन्धित
देह-गर्भ-गृह से बाहर आने पर
ऐसी ही भीषण दुनिया में
कैसे जियेगी—नवजात बेटी
नई पृथ्वी की तरह
दुनिया की आँच के भीतर।

घर पहुँचने पर ही
ठीक से चल पाती है—साँस
जबकि रात में
दिन की हृदस से भरकर
कई बार भर आती थी—आँखें
रात के काले अँधेरे में भी
कि दिवस की दुर्घटनाओं की
याद से चिहुँककर
कि—
सूर्य के सिर पर
होने पर भी
दिमाग का अँधेरा
जल्लाद बनने से

नहीं बचा पाता है—आदमी को।

सपनों के पाँव के मोजे का
पहला फंदा डालते ही
देह की सलाई से
ढुलक गया
नव-देह का
सुकोमल प्रेम का फंदा...।

स्पन्दन

तुम!
मुझसे ज्यादा अकेले हो
जबकि
तुमसे अधिक मैं
इंतजार करती हूँ—तुम्हारा।

हम खोज रहे हैं
अपना-अपना समय
एक-दूसरे की धड़कनों की घड़ी में।
अपने समय को
तुम्हारी गोद में
शिशु की तरह
किलकते हुए देखना चाहती हूँ।
तुम्हारे ही अंश को
तुम्हारी ही आँखों के सामने
बढ़ते हुए
देखना चाहती हूँ।

प्यार से अधिक
कोमल और रेशमी
कुछ नहीं बचा है—
पृथ्वी पर
जीने के लिए।

तुम्हारी हथेली की अनुपस्थिति में
छोटी लगती है—धरती
जिन हथेलियों में
सकेल लिया करती थी
भरा-पूरा दिन
आत्मीय रातें
बची हैं—उनमें
करुण बेचैनी
सपनों की सिहरनें
समुद्री मन की सरहदों का शोर।

तुम्हारी आँखों में सोकर
आँखें देखती थीं
भविष्य के उन्मादक स्वप्न।

तुम्हारे प्रणय-वक्ष में जीकर
अपने लिए सुनी हैं—
समय की धड़कनें
जो हैं—
सपनों की मृत्यु के विरुद्ध...।

नदी में नाव

तुम मोक्ष हो मेरा
तुम्हारे नाम से
मेरे भीतर रची हुई है—
जीवन की नई दुनिया।

तुम्हारे प्रेम का अस्तित्व ही
मेरे प्रणय-जीवन की अस्मिता है
उसी में तुम्हारा 'तुम', 'मैं' हूँ
और मेरा मैं हो 'तुम'।

तुम्हारे बिना
मेरी देह सिर्फ ताबूत है...
तुम्हारे देखने से बनी हूँ मैं—
प्रेम की सुन्दर देवी।

तुम्हारे होने पर
तुमसे ही सहेज लेते हैं
अपने लिए कुछ
बहुत धीरे से...बेआहट
तुम्हारे अनजाने।

उपस्थिति की सम्पूर्ण ऋतु—
अपनी साँसों में।

संकल्पों की मधुर दृढ़ता—
अपनी हथेली में।
विश्वास का निर्झर वसन्त—
अपने रक्त में।
अधीरता का रुँधा धैर्य—
अपनी विकलता में।

तुम्हारी नयन-नदी में
प्रवाहित की है—अपनी स्वप्न-नौका।
चित्त ने स्पर्श किया है—अनस्पर्शित।
तुम्हारी छवि से आँखों ने चुन लिया—
थोड़ा-सा धैर्य
थोड़ा-सा मौन
थोड़ी-सी आस्था
थोड़ी-सी आकांक्षा
थोड़े-से स्वप्न
थोड़ी-सी ध्वनियाँ
और इन सबने रचे हैं—
कुछ अनरचे शब्द
अध्वनित पर ध्वनित
अंतःप्राण में
जैसे—नदी में नाव।
या नाव में नदी
तुम्हारी सघन चुप्पी में
हृदय-अन्तरिक्ष से अवतरित होते हैं—शब्द
साँसे रखती हैं—सहेज प्राणघर में।
धड़कनों की तारों में सधता है—लय-छन्द
आत्मा की देह—भीतर गूँजता है।

प्रणय के सहोदर हैं प्राण;

प्रणय के सहचर हैं प्राण।

विकल अभिलाषाओं का
अविकल प्रणय-पत्र है—साहचर्य।

तुम्हारी उपस्थिति से
सूर्य रश्मियों ने सोख ली हैं—प्रणय उर्मियाँ।

अधूरे चाँद के निकट
रख दी हैं—स्मृतियाँ
हृदयप्रसूत तुम्हारे शब्द
पूर्णिमा की ज्योत्स्ना से समृद्ध।

स्वाति नक्षत्र की बूँद से
ग्रहण की है—निर्मल नमी।
वसन्त के गंध-बीज को
उगाया है—मन-वसुधा में।

नयन-उर-प्रान्तर का स्वप्न-पुरुष
अंतरिक्ष का ऋषितारा।
आत्मा की माटी ने
गढ़ी है—प्रणय की सुकोमल देह।
अपनी रक्ताग्नि के ताप में
ढाली है—प्रणय की अक्षय-काया।

अपनी साँसों से फूँके हैं प्राण
प्रणय की अलौकिक देह में।
अपने अश्रुजल के अमृत से
किया है—देह का विदेह अभिषेक।

मेरे प्रणय में अवतरित हैं—
मेरे-तुम्हारे पंचतत्त्व
पंचतत्त्वों से बना पंचामृत है—प्रणय...।

●●●